숲은 왜 따뜻한가

숲은 왜 따뜻한가

초판 1쇄 인쇄일 2020년 02월 18일
초판 1쇄 발행일 2020년 02월 25일

지은이 이연자
펴낸이 양옥매
디자인 송다희
교   정 조준경

펴낸곳 도서출판 책과나무
출판등록 제2012-000376
주소 서울특별시 마포구 방울내로 79 이노빌딩 302호
대표전화 02.372.1537 팩스 02.372.1538
이메일 booknamu2007@naver.com
홈페이지 www.booknamu.com
ISBN 979-11-5776-849-3(03800)

이 도서의 국립중앙도서관 출판시도서목록(CIP)은 서지정보유통지원 시스템
홈페이지(http://seoji.nl.go.kr)와 국가자료공동목록시스템
(http://www.nl.go.kr/kolisnet)에서 이용하실 수 있습니다.
(CIP제어번호 : CIP2020005315)

숲은 왜 따뜻한가

이연자 시집

책과나무

태양이 구름에 가려

빛나지 않을지라도

태양이 있음을 믿습니다

사랑이라고 느낄 수 없는

상황에서도

사랑을 믿습니다

차례

2부 - 솔숲향이 머무는 집

3부 - 한줄기 햇살로

4부 - 기억은 봄날처럼

죽지 않는 나무 ———————————

온갖 먹구름이 달려들어도,

아름다운 푸른색을 물들이며,

천둥 번개 말끔히 털어 내고,

죽어서도 생명을 키우는 나무,

죽지 않는 ＿＿＿＿
나무 ＿＿＿＿＿＿

＿＿＿＿＿＿＿＿＿＿

얼마나 오래 지났을까

한 나무가 자라

톱에 베어졌고

많은 시간이 지나

밑동이 썩어 갈 무렵

솔씨 하나 떨어져

태양의 기운을 받기 시작했으리라

죽은 나무 위에서 자라난

새 나무의 푸른 기상은

청정한 멋진 노래였다

죽어도 죽지 않는 나무

온갖 먹구름이 달려들어도

아름다운 푸른색을 물들이며

천둥 번개 말끔히 털어 내고

숲은 왜 따뜻한가

죽어서도 생명을 키우는 나무

그때 바람은 외로운 삶의

잔재로 남아 숲속에 머물고 있다

가을 산의 _____
깊이 _____
_____

자잘한 기쁨이 범람하던 날
산자락 적시던 빗방울 계곡에 넘쳤다
어느새 뜨거웠던 이별은 까마득한 예약
지난 계절 비옥하게 가꾸어 준 손길
붉어지는 무늬 사이 까맣게 탄 얼굴들
소곤거리는 건들바람이 쓰다듬고
손아귀에 영근 열매 입술은
피돌기를 하고 있다

숲은 왜 따뜻한가

둘레길 코스모스 손짓에 정다이

누구에게 말을 하고 있는지

가을 언어는 농밀하기 때문

온유한 목소리 맑은 눈길 드리우고

지나간 자리 모든 기억들

높아지는 가을의 속삭임에 귀 기울인다

조급하게 떨어지는 나뭇잎은 세월의 민낯

서서히 내려오는 그림자 앞에

깊어지는 산은 고요히 내려 두라고 한다

역류 _____

_____

_____

몇 잎의 차창을 열고
간이역이 기차를 끌고 간다

초겨울이 만나는 그 언저리 어디쯤
노란 산국화는 빛을 잃는다

철새들이 긴 여행을 떠난 언덕이
푸르게 떨고 있다

초록으로 바랜 섶나무들
마지막 가을 햇살에 눈을 뜬다

숲은 왜 따뜻한가

분별없이 늘어놓은 귀엣말과 눈 바라기에

닿을 수도 없는 손짓

천리안은 빈 들을 따라간다

종소리 _____

_____

_____

근엄한 온기가 박물관을 감싸고

숙연해진 마음 겸손을 배웠다

신동엽 생가와 문학관을 찾아

툇마루에 앉아 시를 쓰는

시인의 모습을 상상해 본다

구드래 나루터 황포돛단배는

절벽에 자리한 낙화암에 닿아

가파른 암벽을 내려다보니

옛 푸른 이끼 덮은 고란사

무한 핏줄 이어 가는 종소리

사무치게 울릴 때면 스산스럽다

청솔 맑은 바람 산줄기 청운 아래

붉은 꽃잎 뚝뚝 떨어져

낙화암 삼천 궁녀 애환 담고

숲은 왜 따뜻한가

산길에 들리는 약숫물 소리

바위틈을 비집고 나온 강한

생명력으로 의자왕을 매료시킨

고란초 약수의 슬픈 역사를

높이 날아가는 물새는 알겠지

열린 창 _____

_____

_____

침묵은 상처를 울컥 게워 냅니다

오래된 울음은 가질 수 없는 빈 허울

이런저런 시끄러움 그냥 가게 두면

사랑의 다른 얼굴이 되어

성화시키는 통로입니다

떨어진 씨앗은 어떤 인연도 아닌

날아와 맘속에 자란 꽃입니다

노란 국화 미소로 자란 후

공손하게 나를 일으키니

늘 필요로 하면 창문 열어

낯설지 않는 편안함입니다

해바라기 _____

_____

_____

황금 비율의 눈부심으로

발돋움해 피워 낸

꽃잎 하나씩 버리고

여름 내내 순금 향기로 당당했던

언제 허리 꺾고 고개 숙였나

뜨거운 걸음에 달려와

내 안의 그리움 되어

부드러운 노을빛 장엄한 팡파르에

영롱한 빛 까맣게 여물었다

숲은 왜 따뜻한가

아슬아슬 여물린 씨앗일까

잉걸불처럼 번진 사연들

빈 몸 되어 날아가는 혼 불로

산새 우는 먼 산에서

함께 들려오는 그 울림

뒤돌아가고 있는 몸태질

가을 부채를 아직도

버리지 못하는 초록 마음

저 어여머리 해바라기 인내

저무는 _____
숲속 _____

_____

붉은 구름 지나간 나날

뜻도 없는 시간에 묻히고

한몫 끼어들지 못한 까치들

짹짹거릴 때는 온갖 소리가 난다

잎은 더욱 깊게 뿌리로 돌아가고

겨울 동백꽃 필 때도 질 때도

찬바람에 가지는 그대로 뻗었다

저녁 새 무리 울먹이더니

날갯짓하며 날아올라

둥지의 굴레를 벗어나 어디로 갈까

나뭇가지 끝에 부는 바람에

잔뜩 떨어진 잎사귀

밤낮으로 흐르는 계곡물에 젖어

찌든 먼지까지도 씻겨 간 느낌이다

숲은 왜 따뜻한가

움직이는 것들도 이제부터는

멈추는 것이 아니라 그림자를 털며

산봉우리에 올라선 달빛 늘 환하다

어떤_____
깨달음_____
_____

다름을 틀렸다는 심상心象이
잘못 빚어낸 항아리를 닮았다
꽃샘바람에 흔들렸던 숲들
무성한 잎 발치에 내려앉아
빈 가지는 서러워 인내했고
골짜기 산새들의 지저귐도
신비로운 경외의 삶이다

숲은 왜 따뜻한가

지혜는 가벼워 알지 못했고

보고 싶은 곳만 바라본 편협함

텅 빈 행간에 차곡차곡 묶었다

숲 바람에 꺾여 그루터기로

앞 뒷가지 서로 껴안고

돋을양지 머금은 수국에서

넓은 눈 뜬 아가페 사랑

전할수록 계속 이어지는 말씀

누구의 모습과도 닮지 않고

나의 빛이 되신 시선을 그분께

장미 _____

_____

_____

손끝에 잘려 나간 가시는

오월의 화려한 자태

뼛속 깊이 피어 낸 인고

선홍빛 절정 불러일으켜

너를 능가할 수 없다지만

바위틈에 핀 들꽃은

무리 지어 아름답고 순수하며

여러해살이 풀꽃들도

마음 깊은 곳까지 스며들어

요염하지 않지만 겸양을 지녔다

화려하다고 으스대지 마라

애절한 빛 활짝 열어

향기롭게 시들고 싶은 핏빛 욕망

붉은 가슴에 품었지만

빨간 숭어리째 떨어져

삭은 꽃잎 흙으로 돌아가면

꽃인 듯, 눈물인 듯

기찰길 _____

_____

_____

하늬바람 불어오는 저물녘

바다를 품고 있는 철길 따라

파도는 물보라를 일으키고

실구름 사이로 떠오른

개밥바라기 빛 처연하다

수초에 부딪치는 절벽

세월에 깎여 나이테 두르고

파란 풍파에 시달린 모래톱

일렁이고 있다

갯벌의 정적을 깨우는
여명의 빛 사립짝 들어오면
물질에 여념 없는 어떤 해녀의 한 세월
건져 올린 망태기 가득 소박한 공양이다

갯바람 고달파라
앙금을 긁어 대던 물살들
커다란 무늬를 만들 때
먼 바다 수평선 눈금이 흔들린다

하나 _____

_____

_____

한 그루 꽃나무를 심어

나무의 수가 늘어나면

땅은 넉넉한 품을 열고

하늘은 평온한 정원에

비를 뿌리고 나무를 키워

움트기 시작하는 것은

영혼의 꽃망울 같은 벗

꽃잎 피어 안겨 오면

얼마나 아름다운 인연인가

마음은 닦고 비움이니

강물처럼 순화된 사랑으로

　　　　　　　숲은 왜 따뜻한가

세상 속에 살지만

그 위에 있고

뿌리를 내리고 살지만

물 위에 떠 있는 연꽃처럼

가시 하나를 받아들인다

같은 태양 아래 있어 우린 하나

벽지 _____

동화童話 _____

_____

낡고 습기 찬 벽지를

하나씩 펴면

온통 꽃으로 피었지요

빨간 지붕 위에

파란 대문 위에

여기저기 손바닥만큼

구름 조각도 찍어 놓았습니다

푸른 산빛 내려오면

별 하나씩 돋아나

은종이를 접어 던진 듯합니다

늘 새로움으로 다가옵니다

바람벽 기대어 들리는 소리

끈끈하게 기어 다니며

웅얼거리는 발걸음 소리

긴장은 맥박을 뛰게 하고

붉은 꽃잎 틔우는 몸살로

빨개진 손바닥에 짙은

꽃물 들일 수 있으면 좋겠습니다

해인사 _____
계곡 _____

_____

가을 햇볕 벗 삼아 같이 가면
숲은 청명한 기운이 넘쳐
도심 속 오아시스를 만난다

솔향기 따라가던 물소리
산 아래로 흘러
해인사 홍루천계곡 길
팔만 개 바위 틈새 물소리로
붉은 잎들 선율에 동화된다

온 누리 함께 나누는 그곳에
고즈넉이 잠든
천년의 침묵이 있어

숲은 왜 따뜻한가

소리 길 따라가다 술렁이는

부처를 닮은 바위들

무수한 기원을 소망하다

길이 보이지 않아 산사를 깨우고

공허한 침묵이 되었다

너를 _____
보내며 _____
_____

조각구름 지나간 빈자리

흐르다 멈추어 버린 눈물

눈을 감아야 보이는

동굴 아닌 빛 볼 수 있는 터널 속을

스치듯 지나갔다

노란 해바라기 같은 얼굴

잘 가꾸고 다듬어서

자라기도 시들기도 했지만

뒤뜰에 모여 소곤거렸던

덧없는 시간과 함께

산 넘고 물 건너 떠나갔다

활엽수에 붙은 풍뎅이 외로움 펼쳐

지름길 그려 놓아

큰 모자 눌러쓰고

마음의 눈멀어 가지 못한 길에

여름밤 사랑이 된 별이 뜬다

꽃비 ──────────

────────

────────

벗꽃비가 오더니 모종비도 내렸습니다

방향 없이 부는 바람

계곡은 물거품을 토해 내고

솔가지 어지럽게 흔들리면

나뭇가지 위에 앉은 산새들

날개를 꺾을 기세입니다

성글게 젖은 꽃나무

찬바람에 돋아난 작은 풀꽃들도

돋을볕에

꽃무늬 만들고 향기 피워야 합니다

봄이 화려한 것은 유채꽃 향기 가득하고

햇볕에 그을린 붉은 튤립

꽃단장하고 그대 마중 가듯 넉넉한 웃음입니다

숲은 왜 따뜻한가

봄꽃들 빗속에서 울먹이더니

초원으로 뿌리를 깊게 내려

꽃과 풀꽃들의 경계를 허물었습니다

미술관 _____

_____

_____

산울림에 흔들리는 짧은 햇볕

비단폭포는 거친 숨결로

큰 울음 쏟아 내고

슬프도록 아름다운 금강

너울 치는 소리가 들린다

수련한 기암괴석

봉우리마다 삿갓구름

변화무쌍한 모습들

계절에 순응하며 누구를 기다리나

어찌 오갈 길조차 끊어져

내내 서 있을 뿐이다

숲은 왜 따뜻한가

액자 속 올서리 마른 늦잎

잎파랑이 가득할 때

벽에 걸린 산수화에 동화된 그녀는

산수에 마음 담아

백 리 길 가고 있다

가을에 _____

_____

_____

예쁜 코스모스 흔들릴수록 아름답다

파랗게 열린 하늘

갈바람 손결로 자란 억새풀

내 마음 머무는 가을은

불필요한 가지들로

영롱하게 물들기 힘겨웠다

여름 건너온 열매들 어디나

출렁이는 늦가을

붉어져 가는 가지 붙들고

뻐꾹새 소리 환청으로 들리듯

산이 그리운 산새처럼

어느 산을 마주하고 있는지

숲은 왜 따뜻한가

쌓은 것 남겨 놓고

바람꽃에 순응하는 그대는

이 가을 채우지 못한 맘

산새에게 모두 내어 줄까

2부

솔숲향이 머무는 집

아침의 베일로부터 새소리 우는 곳

한낮에 푸른빛 환한 기척

해넘이 까치 날갯짓 가득한 곳

지샌 달 은은히 비껴드는 집

백지白紙 _____

_____

_____

관성慣性을 벗어 보라고

낯익은 본성本性을 보라고

자연은

수없이 신호를 보내지만

영감을 얻지 못하고 있다

떠다니는 하늘 구름

바람에 흔들리면

일렁이는 푸른 숲속

방금 피어난 꽃술이 낯설다

밤사이 그득한 전갈

신선한 언어들이 갈래를 내어

하얀 새벽 후회 없는

앞소리에 느릿느릿 따라간다

열어 보인 마음은

어느 쪽으로도 자국이 생겨

가다가 돌아온 바람이

백지가 되라고 타이른다

봄을 _____
기다리며 ____

_____

살얼음 밑으로 흐르는
봄맞이 물은 빨강과 초록
무늬가 바뀌는 만화경이다
성에는 말라 가고
숲은 촉촉이 젖어든다

옷깃을 세우고 나무계단 오르면
굴거리 나무 줄지어 공손을 몸에 둘러
연못 속 금붕어 언 물을 녹이면서
햇살 품은 봄바람 기다리고 있다

숲은 왜 따뜻한가

겨울바람에 얼어붙은 고요로

숨차게 숲속을 찾아온 영혼

하루도 잊을 수 없었던 인내의 시간

여린 봄 햇살 받아 안고 웃음 짓는다

일몰이 첨탑에 걸려

철새들 날개 접는 소리

어스름 빛 산을 내려오면

가녀린 별빛 찬바람에 흐릿하다

벚꽃 _____
피던 날 _____
_____

푸른 금을 긋기 시작한 봄

나뭇잎 사이로 걸어가면

가지마다 걸어 놓은 눈웃음

설레듯 출렁이는 손짓이다

흰 구름 뒤덮인 틈새로 온갖 꽃들 피어

벌써 개나리 노란 꽃물 버리고

은근한 자목련 음향은 수상한 풍문

장미 넝쿨 뻗어 가는 담장마다

청빛 하늘 햇살 받으며

깊숙이 내린 뿌리로 흔들릴 음률

애잔한 단조로 들려온다

숲은 왜 따뜻한가

눈에 담았던 향기 폰에 저장하고

벚꽃 잎 수북이 쌓인 그곳에

꽃샘바람 얼굴 스치고 지나갈 때

서녘 놀빛 비쳐 든 하늘

성좌가 나타나 반짝이기 시작한다

채석강 _____

_____

_____

푸른 하늘 흰 구름 떠가고

차창 밖에는 만개한

꽃들이 장관을 이루고 있다

설레는 가슴으로 도착한 부안

신석정 선생님의 좌우명

지재고산 유수,

저 의연한 산과 유유히 흘러가는

강물의 마음을 배우자는

친필이 눈길을 끌었다

이태백이 술을 마시며 놀았다는

해식 절벽과 바닷가가 있는 채석강

심해 밑바닥이 만들어 낸 신의 한 수

바닷물의 침식에 의해 수만 권의 책을

쌓아 올린 외층은 자연미가 뛰어났다

썰물 때 굽이굽이 산자락 돌아가면

연노란 새순이 돋아난 푸른 소나무는

한 묶음 꽃다발이 되어 안기고

내소사의 피톤치드 전나무 숲길은

한 해를 시작하는 쉼표가 되었다

강물 _____

_____

_____

고요를 깨우는

베틀 소리에 새벽이 옵니다

잔가지 돋은 어머니 손

강물 되어 물살에 반짝이면

푸르게 커 가는 사랑 지키기 위해

무릎에 꼬아 베틀에 앉혀

배내옷 지어 가슴에 품었습니다

토담 너머 살바람 시린 손으로

흰 목화송이 한 올 이어

잉여 걸어 놓으면

밤낮 돌던 물레는

휘청거리는 실루엣

고달픈 젖은 숨소리

노을처럼 고운 어머니

수평선 너머 황금빛이 되었습니다

폭포 _____

_____

_____

산새 울음 깊어지는 싱그러운 숲길

솔방울 떨어지는 소리에

길이 몰래 밝아지면

숨어서 피어난 작은 풀꽃들

벼랑에서 떨어지는 하얀 물보라에

바람이 지나갈 때마다 젖어 시리다

나뭇가지에 못 앉아 술렁이던 산새들

지저귀는 것은 살아 있다는 환희의 노래

햇살 아래 넉넉하게 쏟아 내는 쌍생폭포

산울림에 환한 세상 속으로 흘러간다

하늘 구름 둥둥 떠가고

숲속 높드리 바위 틈새 물줄기

땅의 품 안에 안겨 풍요가 된다

재넘이 불어오는 바람의 길목

하얗게 짙어지는 아카시아 향에 취한

골짜기는 아련한 애상곡으로

폭포는 전설이 되어 흐르고 있다

겨울 _____

동백꽃 _____

_____

산이 그리워 날아온 동박새

단풍잎 마지막 지고 나면

동백꽃 가지에 부리 비비며

향기 그리워 울던 새

솔바람 가지로 쓸어 놓은 길목

터질 듯 탐스럽던

봉오리 댕강댕강 떨어져

너럭바위 꽃무늬 방석을 만들어 놓았나

삭은 꽃잎 창백하게 찢기어

붉은 가시 만질 수 없어

숲은 왜 따뜻한가

맘에 담았던 고운 향기

몽우리째 떨어진 고고한 모습

어쩔 수 없는 꽃의 최선

어제 보고도 선연히 눈에 밟히는데

겨울이 오면 푸른 잎마다 붉게 맺기를,

솔바람 _____

_____

_____

바람은 초록 잎을 흔들고

길섶 까치무리와 함께

우거진 벗나무 그늘에

푸른 치마를 펼쳤다

바람 한 점에도 대답을 찾던

온갖 꽃들의 친숙한 이야기

주절이 익어 가는 데

꿀벌 나비 파르르 날갯짓한다

숲은 왜 따뜻한가

앞 뒷산 환한 배꽃 피어

어린 시절 그리워 보이는

푸른 언덕이 흐릿하다

기어이 터뜨린 복사꽃 망울도

봄의 정기를 뿜어낼 때

구름과 풍선이 사이좋게 떠가고

바구니 가득 담아 온 솔바람에

산 벚나무 가지에서 버찌가 떨어졌다

금강에서 _____

_____

_____

웅숭깊은 소리는
조각구름으로 떠돌고
솔숲 가지에 수액이 흐른다

모호한 경계의
영역을 찾아 맥을 잇는 흔적이
가슴속으로 몰려오면

적막을 품은 공간 넘어
지칠 줄 모르며 흐르는 강
영남루 발자취를 따라간다

숲은 왜 따뜻한가

누구의 거룩한 글씨체인가

현판 넘어 허공 어디서

오래전 울림이 지나가고

승화된 행간 무늬마다

터득할 수 없는 글들

바람 같은 여운이 남아

너무 아득하여 읽을 수 없다

안개, _____
누리마루 _____

_____

해무는 무슨 전갈을 하는지

뿌연 연기처럼 퍼지고 있다

쓸쓸한 추억 만져지는 해거름

흐릿한 별빛 바람을 끌어안고

눈동자에는 강물이 고였다

누리마루에 걸린 달무리

파도 소리에 떠밀린 듯

소나무에 내려앉아

는개비에 젖었다

해안 절벽을 에돌아서

긴 팔 흔들며 오랫동안

끈질기게 걸어왔던 갈림목

벼랑을 만나면 이정표의 길에

보이지 않는 물소리

숲은 왜 따뜻한가

기억할 수 없는 사랑의 연대기

출렁출렁 강물 따라 흘러갔고

어디쯤에서 밀려온 안개 사라진다

춤사위 _____

_____

_____

날개를 세운 고추잠자리
산국 위에 앉은 노랑나비
향기를 묻힌 채 팔랑거리네
잎을 뒤집는 바람을
꽃을 피우려 애쓰는 것

언제나 호젓한 벤치에 앉아
깊디깊은 생각을 더듬는
머리카락 짧은 노인
한낮 푸른 은행 나뭇잎
샛노랗게 변해 갈 때
무심코 지워 버린 발자국
그리워 눈시울 붉어지네

숲은 왜 따뜻한가

무상의 세월 앞에 눈물 삼키며

노을이 되어 떠나 버린 그대

한뉘 함께한 약속

누구에게도 없는 길

찬란히 부서지는 햇살 아래

봄꽃 진 자리 씨앗이 흔들리네

가을 ＿＿＿＿＿

길목에서 ＿＿＿

＿＿＿＿＿＿＿＿

내 안에 곱게 물든

은행나무 길을 걷다가

그리움만 한 줌 주웠다

바람이 잦아서 화들짝 치어다보니

빈 가지에 햇살이

빨래처럼 걸려 있다

에움길 잃어버린 풀벌레들

커져 버린 울음을 깨물고

강물 위에 흐르는 불빛 따라

바다 물결 소용돌이치듯

파도는 제 몸 부서지는 줄 모르고

지난 일들 화려하고 실속 없어

숲은 왜 따뜻한가

은행잎 가득한 오솔길에

알곡 같은 얼굴 홀로 깊어져

햇살마저 노랗게 몸을 낮출 때

막새바람에 떨어지는 나뭇잎 챙겨

황금 가을이 가고 있다

솔숲향이 _____
머무는 집 _____

_____

이곳에서 평안하리

저기 숲속 작은 집 짓고

오랜 몇 개의

화분을 베란다에 놓고

텃밭이랑 호박꽃 바람에 흔들릴 때

숲속 울림이 하도 높아서

에덴의 동쪽에서

그리워하는 사랑인가

우러러보는 하늘은 거룩하기만 하다

하루의 끄트머리에서 회개는

신의 음성을 다 들을 수 있도록

평강은 천천히 내리는 그 집

아침의 베일로부터 새소리 우는 곳

한낮에 푸른빛 환한 기척

해넘이 까치 날갯짓 가득한 곳

지샌 달 은은히 비껴드는 집

밤낮 계곡 물소리

마음속 깊이 들려오는데

숲은 _____
왜 _____
따뜻한가 _____

마을 초입 고샅길에 은은한 철쭉

흐드러지게 피워 봄 향기 가득하고

돌탑 뒤 빽빽이 늘어선 솔숲 길 걷다가

허전한 맘 채워 줄 새들에게 물었다

나뭇가지에 앉아 조잘조잘

멀리 떠돌다 이곳에 오니 지친 마음

안식 얻어 흐뭇하고 평안하다

깊은 골짜기 흐르는 물

자그마한 연못에 고여 짝을 찾는

어여쁜 고기들 수련꽃잎 휘저으면

내안의 맑은 물도 불어난다

높은 하늘 열구름 줄지어 가고

넉넉히 꿈꾸는 한길 있어

샘물같이 솟아나는 감사에 젖었다

나뭇잎 사이 반짝이는 햇살 따라

솔향기에 이끌리어 걸어가면

어떤 그리움인가, 눈시울 뜨거워

흐릿한 길은 멀어지고 하늘로

뻗어 가는 숲 언제나 따뜻하다

오동나무 _____

_____

_____

보랏빛 음률로 나뭇잎을 흔들었다

때로는 피할 수 없는 찬바람 틈새에

머물고 있던 빛들의 자양滋養들과

교감하던 통증의 흔적

오랜 시간에 견디던 자국이다

긴 겨울 한결같이

태양빛을 모으던 나뭇잎

점점 더 넓게 푸르렀다

진초록 잎 짙을 때쯤

지워진 사연들

조각조각 꾸미고 다듬어서

옛날 책갈피를 만들었다

숲은 왜 따뜻한가

바람이 지나갈 때마다 봄이면 피어나

나무는 자신을 위해 그늘을 만들지 않고

우리를 위해 내어 주는

섭리를 홀연히 배웠다

까치집 _____

_____

_____

지난가을 까치 한 쌍이 창문 앞

은행나무 꼭대기에 집을 짓기 시작했다

나뭇가지를 쉼 없이 물어다가

집을 짓기 시작한 늦가을에서

겨울로 접어들면서 동그랗게 완성된 집은

동쪽으로 열어 놓았다 태어날 어린 새끼를 위해

등 뒤로 붉은 태양이 떠오른다

포근한 까치집에는 미물도 다가가지 않겠지

열린 문으로 찾아드는 어스름 달빛

흐르기 시작할 무렵이며 언제나 다정한 부리로

입김 불어 따스하였으면,

숲은 왜 따뜻한가

숲길을 걷다 보면 가끔 음치 새를 만난다

새소리 맞나 미소가 입가에 번진다

숲속의 음악은 다채롭고 화려하다

크고 작은 나무를 스치는 바람소리

생명이 있는 자연의 소리들

숲속 연주로 가득한 공연에서

새들 중에 음치가 있다는 것을 알 수 있었다

책에 관한 _____
소고小考 _____

_____

그 흔적은 한 영혼에서 나온

액자처럼 보이는 창문입니다

달변과 눌변으로 밝은 미래를 꿈꾸듯

공간을 살아 냈던 책갈피의 깊은 숨소리

삶의 틈새에 늘 끼어 있습니다

지나간 언어를 되짚어 보면

이마누엘 칸트의 철학은

전전긍긍 메시지가 되었습니다

웅숭깊은 몇 대목은 어둠에서

눈과 귀를 활짝 열고 애틋하게 자라

세상에 나오지 못한 언어입니다

생각의 조각들 퍼즐로

마법의 페이지 속에 숨어서

물음표 느낌표로 남아 문득

낯설어짐이 어색하고 생소합니다

누런 책갈피의 너덜너덜한 기억

긴 시간 무심했던 잊어버린 여백

환생한 명제가 나를 붙잡습니다

3부 _____

한줄기 햇살로 _____

제일 먼저 인사를 건네고 싶은

들꽃 지천으로 돋아나 한줄기 햇살로

은은한 꽃그늘 밟고 갈 때

알 수 없는 이야기 주줄이 흘러나오겠지

차를 _____

마시며 _____

_____

우리 사랑이 그러하듯

당신이 너무 그립습니다

차실 앞 은행나무 울리는 비보라

당신과의 애면글면 다하던 삶 같아

함께 차 마실 때 차 맛 달다 쓰다던

당신 눈빛 그렇게 소중함을 몰랐습니다

외로움 그대로 두고 떠나간 뒤

어느 날 걷던 해변 길을 걸었습니다

그 길에 차 마시는 순간

도래솔 빨갛게 물들기 시작하였고

시간의 흐름 속에 나누었던

일일이 옳은 이야기꽃

그루터기는 마른 눈물과

후회들로 가득합니다

숲은 왜 따뜻한가

이러할 때 당신은 침묵하였고

철부지 때 차 맛 알았던 당신

감정의 격랑 누르고 평온의 숲 찾아

차 한 잔 놓고 기도합니다

보고 싶은 당신 사랑했습니다

풀잎 편지 _____

_____

_____

꽃피는 시간표마다

동그란 밑줄을 친다

물안개가 피어오르듯

눈부시도록 차분한 봄날

은근한 찻잔을 들어 올린다

먼 귀를 간질이는 소리

나뭇잎의 몸부림

늦은 봄 기척에 풀잎 눈을 뜨고

잔바람에 흔들리던 사연들

지나가 버린 시간을 보고 있다

숲은 왜 따뜻한가

꽃망울 속에 그려 넣은

갈피마다 감추어 둔 그리움

떠다니는 구름 한 자락

아득한 하늘에 머물 때

봄비 젖은 꽃잎

한 잎 두 잎 꽃씨를 봉하여

빗방울 고인 우체통에 꽂아 놓는다

꿈꾸는 _____
카메라 _____

_____

들꽃들이 진초록 잎을 틔울 때
불어오는 바람
가지치기를 하고 있다

불볕 아래 마로니에
푸른빛 떨어져 시원하고
붉은 칸나까지 데리고
조약돌 같은 얼굴들
시냇물 속에 모였다

한 계절 뜨겁게 몸살 앓는
매미의 옷 벗는 울음에
오랜 시선이 머물고
뒷모습 사진 한 장 쳇바퀴는 자동

숲은 왜 따뜻한가

시간과 허공을 조율하는

열린 눈동자에 저장된

길고 윤나는 머릿결

천천히 손을 휘감아 끌어당긴다

스케치 _____

_____

_____

철새들이 줄지어

들뜬 듯 날갯짓하면

노란부리 재두루미 긴 목청으로

텅 빈 사방을 노래 부른다

푸른 물에 펼친 그리움

잠재울 수 없어

은빛 머플러 곱게 두르고

누가 저만치 걸어가고 있다

수생습지 너럭바위 밑에

꼬리 흔드는 가창오리 군무

물속에 텃새처럼 발돋움하고

매지구름 한 자락을 보고 있다

석양은 고요한 산장에

붉은빛을 쏟아 놓아

숲은 왜 따뜻한가

나무초리 위로 날아오른 새는

단단하게 저무는 하늘을 울고

그물에 걸리지 않는 바람

저수지를 지나가고 있다

오카리나 ＿＿＿＿

＿＿＿＿＿＿＿＿

＿＿＿＿＿＿＿＿

손끝을 열면 부드러운 멜로디

숲속 새들이 지저대듯

조화로운 구절 마디는

언제나 열린 채 신비롭게

입술부터 끌려갈 뿐이다

오선에 그려진 높고 낮은 음색

낮은 음에서 다시 낮은 음을 보태면

구부러지고 파도치는 완만한 곡선

멀리까지 이어져 첼로 선율처럼

더 높은 음을 더하는 아가雅歌

숲은 왜 따뜻한가

애절한 리듬은 엉켰다가

길고 낯선 흐름으로 들려오는

새롭게 생성된 그 음률

가만히 허공에 손을 내민다

마야 유적의 흙 피리

한 번의 긴 호흡을 마시며

날숨 고르기를 하고 있다

장승 _____
앞에서 _____
_____

봄은 더디고 찬바람 얼얼한데
걸친 것 하나 없는 그대는
구름처럼 흘러가는 무소유로
투명한 겨울 햇살에
짧은 그림자 밟고 서 있다
가난한 마을 어귀 들어서면
능소화 담장 둘렀던 지난여름
긴 세월 건너온 소리 있어
그늘까지 벗겨 내는 깨달음
더울 때는 더위를 벗어던지고
추울 때는 추위를 벗어던지며
세상 고뇌 다 짊어지고
수백 년 겹겹이 인고의 아픔
부드러운 맑은 미소는

너그러움도 지니고 있다

높은 하늘 열린 행간에

벌거숭이로 걸린 숨소리

언제나 웃으며 살아 낸 흔적

고독한 시인이었을까

호수공원 _____

_____

_____

풀잎 서걱거리는 소리

개구리가 듣고

원앙은 혼인 색 몸단장한다

옥빛 같은 물속 두꺼비

돌담 쌓고 지난여름 몸 풀었나

우거진 숲 언덕 붉은 백일홍

수평으로 선 채 멈출 수 없는

향기 뿌리로 내려갔을까

바람비 지나가는 소리 듣고

먼 길 질러가는 강더위

숲은 왜 따뜻한가

비 무리 벗개었으니

산중턱 열어 놓은 바람꽃

푸른 하늘 바로 눈앞인데

어느새 무지개 세워 놓았나

유년의 _____

기억 _____

_____

삐걱거리던 낡은 교실 문이 열리면

옹기종기 앉은뱅이책상이 모여 있습니다

옛 책 향기에 흠뻑 젖은

종소리는 메아리로 남아 있습니다

싱그럽게 덮은 담쟁이 넝쿨 너머로

홀리도록 은은한

하얀 손 춤추던 풍금 소리

아이들의 노랫소리가

진달래 꽃 흐드러진 산길에 가득합니다

숲은 왜 따뜻한가

운동장 풀숲에 바람을 물고 날아온 새들
미루나무 잎에 앉아 날개를 털면

모래 흙장난을 좋아하던 아이
먼 시간 속으로 돌아옵니다

오로라를 _____
보다 _____

_____

잘 다듬어진 북두칠성과

반짝이는 별밤입니다

색깔이 다른 별들의

적나라한 파문의 교향악

달라진 행성의 궤도는

흔들리는 하늘 공간에서

크고 작은 별들이 모여 왁자한 날

허공을 조율하는 나팔꽃 연주자들

쿵쿵 두드리고 불 때 아주 서서히

녹색 줄기가 드리우기 시작합니다

마치 길 잃은 은하수가 몰래

지구에 불시착하려는 듯

별빛이 내려오고 있을 쯤

잠잠하던 북극 하늘 저편에

숲은 왜 따뜻한가

황홀하고 신비로운 빛 오로라

고요하게 춤추다가

갑자기 싹 흩어져 자취를 숨기고

수억 년의 고난을 견디던

눈물 젖은 별들 남겨 둔 채

사라지는 찬란한 소멸입니다

노란 리본 _____

_____

_____

책갈피에 접어 넣은 은행잎
노랗게 시들어 버린 향기로
고동 소리 숨을 멈추었다

거친 파도에 매달린 울분
깊고 푸른 바닷속에서
들려오는 슬픈 메아리
그리도 짧았던가

악몽 같이 풀린 밧줄
아무 저항도 할 수 없었던
바닷속에 수장시킨 그대들

붉은 눈시울 팽목항 바라보니

먼 수평선 까치놀 바닷새 되어

솜털 같은 꽃구름 흘러가는 길

험한 물길 따라 가는 길은

윤슬로 반짝이는 별나라

하늘나라로 너울너울 떠나갔다

섬마을 _____

_____

_____

마을 굽어진 길을 지나면

강 건너 노을 소매 끝을 잡는다

허연 이빨 다문 민초들 해 질 녘

내일을 기다리며 등불을 켜 놓고

풍지처럼 떨던 찰가난

천상의 무화과로 허기를 달래며

돌아보는 옷섶 가년스럽다

두륜산 전설 간직한 초승달

물무늬 같은 여운에 기울어지고

숲은 왜 따뜻한가

저무는 별빛 차갑고 풀잎은

바람에 시려도 새벽이 시려도

섬마을 패총 무더기 눈뜨고 있다

창을 _____

열고 _____

하늘을 보며 ___

하늘가 상현달도

그리움에 지쳐 기울고

사랑으로 뿌리내린 우리는

아카시아 꽃향기

꽃이 필 때 꽃이 지는 것을

두려워하지 않는 모습으로

멀리 아쉬운 서로가 되었다

모든 순간이 향기임을 알면서

닫혀진 창을 열고 달려와

함박웃음 잔뜩 풀어놓고

밝아 오는 아침이며 마른 잎

손사래 치듯 섭섭한 마중 길에

떠난 뒤에 오는 허전한 마음

처음 만났을 때 설렘 남아 있어

숲은 왜 따뜻한가

구월의 석양에 비춰진

기약 없는 눈물 자국 감추고

강아지풀 키를 세우면

넓은 가슴 열어 두고 싶다

한줄기 _____
햇살로 _____

_____

어깨 기웃한 바람 어제와 다르다
얼음 풀어진 파문들
강바닥에 닿았을까

화창한 봄바람 불어오면
수줍은 매화 구름 빗장을 열어 놓고
여린 새잎순과 고운 꽃망울
가지 끝에 파르르 떨고 있다

돋을볕 쏟아지니
간질거림으로 맨발로 달려온 꽃잎들
불꽃처럼 번져 갈 진달래 무리도
어여쁜 꽃상여로 오고 있다

숲은 왜 따뜻한가

우거진 문배나무 푸른 옷 갈아입고

제일 먼저 인사를 건네고 싶은

들꽃 지천으로 돋아나 한줄기 햇살로

은은한 꽃그늘 밟고 갈 때

알 수 없는 이야기 주줄이 흘러나오겠지

그대 _____

손길 _____

느끼리라 _____

장산 중턱에 붉은 구름 넘어가고

골 깊은 산은

계곡물 잡지도 않는데

마음은 봉우리 저편

구름 좇아 가 버렸다

살아서 흔들리는 호수처럼

시야는 허공에 머물고

나뭇잎 사이로 바라본 길은

외로움에 굽은 길

흘러 버린 세월만큼 쌓인 이야기

그림자로 맴돌고 있다

숲은 왜 따뜻한가

모래알 같이 흐트러진

추억 오롯이 모아

눈시울 붉어지던 그날

조용한 저녁이 오면

그대 손길 느끼리라

새벽 _____

_____

_____

열두 시를 덮고 누운 책들이

눈을 가늘게 뜬 침묵으로

옛 책들 사이에서

금니처럼 반짝인다

새롭지 않은 시어는 웅크리며

밤하늘 어둠을 맞이하고 있다

바람 소리에 마른가지 솔숲들이

막혀 버린 언어를 깨워 흔들면서

땅에서 허공으로 날아올라

새로운 한 시의 깊이를 본다

숲은 왜 따뜻한가

문밖에 세워 둔 새벽에게

대답을 찾던 시어는

나팔 모양의 주전자를

천천히 빠져나온 모과 향같이

갇힌 생각을 가볍게 열었다

달맞이꽃 _____

_____

_____

뿌리 깊은 너는 어느덧

여름을 건너와 정이 들어

노랗게 달을 닮은 꽃송이들

내 안의 눈물이 되어 피어났다

그 계절은 잊을 수 없는 시름

날아가던 새들도 잠시

방향을 잃어버리고 날갯짓할 때

남몰래 돌봐야 할 대상이 생겨

물을 주고 잡초를 뽑아 주고

따뜻한 미소를 짓던 그녀는

촉촉이 젖는 숲의 울림을 감지하면서

당신이 접어놓은 미래의 시간들

오직 삶이 마비된 긴 여정

말라 가던 몸에 노란 땀이 배었다

숲은 왜 따뜻한가

돈을볕 찾아오지 않는 병상 옆

뜨거운 눈물이 마르기까지

아픔을 함께 마음에 담아

건강 넘쳐흐르기를 기도하면서

티슈 _____

_____

_____

창문에 매달려

사라진 어둠을 마중하고 있다

바위 틈새 고개 내미는 야생화

꽃순 한번 틔워 보지 못하지만

꽃은 제 몸을 풀어낸다

따뜻한 슬픔이 창백하고 순수하다

무욕의 저 햇볕같이

부드럽고 환하다

잡다한 번뇌가

손끝에서 흐르는 소리

맨살이다

몸 섞지 않은 신비로운 인연

만난다

하얀 시간을 펴고 궁굴려 본다

또렷이 남은 생의 토르소

그만 여기쯤에서 끝이 보인다

4부

기억은 봄날처럼

나무가 내는 순환의 소리

몸의 세포도 함께 깨어나는 소리에

단단한 기억은 그렇게 가고

어두웠던 집 봄날처럼 환하다

여름이 _____
가는 _____
소리 _____

뜨거운 소리를 반추하며
숲속 새들 연희를 듣고 있다
무언가 해낼 것 같은
용기에 가슴은 전율하고
갈바람에 서걱거리는 억새풀 소리에
마음은 가벼워진 것을 알았다

숲은 왜 따뜻한가

뿌리를 깊숙이 내렸지만

바삭거리는 초목

하늘에서 내리는 비 대신

온몸에서 비가 내리고

나뭇잎 타들어 가는 목마름

여름의 변절에 매미들의 울음도

울다 지친 소리가 기이하다

창문 너머 서늘한 바람 간절하여

설국을 꿈꾸던 여름밤

파도 소리 화음에 맞추어

드디어 강쇠바람이 불어온다

계림에서 _____

_____

_____

숲 하늘을 가린 틈 사이

바람 옛이야기를 풀어내고

불볕으로 타는 한낮

웅숭깊은 가지에 수액이 끈적거린다

천년 뿌리내린 대지와 하늘은

순종했던 봉분 흔적처럼 넉넉하다

붉게 작렬하던 꽃들

하얀 빛의 꽃받침만 남은

저 너머

지칠 줄 모르는 분수령이 가고 있다

초록 잎에 잠긴 향가 비

아득한 소리 다시 울려오면

심오한 숲은 침묵한다

화려했던 전성기를 웅변하는

물푸레나무에 걸린 오랜 슬픔

세월의 무게가 덕지덕지 붙은

즐비한 고목들의 길섶에 새들이 떼를 지어

하늘을 건너는 구름이 되었다

불꽃 축제 _____

_____

_____

어둠을 관통하는 소리
빛의 반사로 굴절된 바다는 황금물결이다

보석처럼 피어나 물빛에 젖은 꽃잎들
오색 무늬로 세워 놓은 불기둥이 쓰러져
유리 파편 되어 쏟아졌다

감미로운 멜로디는 폭포로 바뀌어
말없는 붉은 함성
빠른 맥박에 목이 잠긴다

터지는 손 전화에 달라붙은 표정들
결핍된 세상 소리에 충전된 탄성은
긴 다리 위 전류로 흐르고 있다

뜨거운 날개 활짝 펼쳐

불빛에 허겁지겁 날아오른

물새는 울지 않았다

골목 _____

_____

_____

흰 구름 지나간 자리 하늘 바람 일었습니다

물동이 이고 종종걸음 치는 아낙들

헤살꾼 아이들

웃음꽃이 피어나는

언덕배기 가로등 불빛 따라

둥글게 휘어진 벽화를 꾸몄습니다

등대섬이 보이는

한사리 때 물소리

바닷물이 금빛으로 빛나던 날

갈매기 둥지 문패가

햇살에 출렁이고 있습니다

숲은 왜 따뜻한가

하늘을 건너는 새들이

엎드려 나는 것을 보면

공중에도 길이 있다는 것

미로 같은 골목은

빛바랜 흑백사진으로 남아

앞서간 그들을 뒤따라

빈 바람 집 안으로 들어갑니다

함박눈 _____

_____

_____

매서운 땅속에 뿌리내린

서리 맞은 나뭇잎

유리창에 부딪치면

그리움으로 남은

눈보라는 아픔이었어

눈이 내려 덮이면

정정한 나무들 부드러운 것에

꺾이는 의미는 무엇일까

한겨울이 지나면

나무들은 수척하다

숲은 왜 따뜻한가

빙하로 살아온 적막한 산속

봄 메아리 울려올 때

겨울잠에서 깨어난 동물들

소소리바람 안고 달려가면

설국에 남겨진 발자국

따라가고 싶다

새벽 찬 공기에 계곡은 깨어질 듯

붉은 띠를 두른 아침 해 앞산에 머물면

정적에 들어간 금강송의 염원

밀어처럼 들려온다

쓰고 지우고 짓고 가벼운 생각으로

연둣빛 세상에 잠겼던 시어는

계절의 초원을 꿈꾸며 고뇌를 안고

딱딱한 것도 차가운 것도 아닌

은빛 의자를 찾아 해매고 있다

뿌리째 흔드는 바람 앞에

길에 나뒹구는 나뭇잎들

지천으로 흩어져 굴레 벗고 떠난 지 오래

언덕 너머 아지랑이 피어오르고

겨울 강 건너오는 봄소식 들은 시어는

고독한 순례 여정

겨울 햇살만으로 의연하구나

녹음 ──────
찬양 ──────

──────

높은 곳에 있는 당신에게 맘이 닿아요

맑아서 시린 물에 수련이 자라고 있네요

휘어진 길 따라가면

솔방울 익어 가는 소리

고요한 호수에 떨어지네요

새벽이슬 포근한 숨결에

눈뜬 초록

선잠을 털고 깨어나네요

기쁨의 대열에 모여

은혜는 맑은 물소리에 담겨 오나 봅니다

서두르지 말고 천천히 와요

길에서 만나 손잡으면 더 좋아요

다른 것은 다 버려도

감사는 꼭 챙겨 오세요, 그곳에 있을게요

봄, _____
무늬 _____

_____

햇살에 버들개지 눈뜨고

대지는 틈을 내기 시작했다

지하층까지 내린 뿌리

강풍에 흔들리지 않는 강인함으로

찬바람 아직 남아 있는데

이른 봄 햇살에 내민 어여쁜

꽃잎들 어떻게 나왔을까

마른 잎 떨어 버리고 가벼워진 가지

싱그러운 초록 갈아입고

앞 뒷산까지 녹음으로 푸르게

물오른 숲에게 눈인사를 건네주면

기다림의 절정으로 안겨 오겠지

청산이 둘러 있는 이곳에

봄 그림자 초록무늬를 만들 때

숲은 왜 따뜻한가

언덕 저편 들려오는 메아리

깊은 산 계곡물 흐르는 소리

산도 물도 보는 삶 계절마다 축복이다

산촌 _____

_____

_____

대지에 흰 눈이 소복소복 내려
차갑게 가라앉은 고요한 마을
눈 덮인 산에 비치는 저녁 풍경
서릿바람 소리 스산스럽다

햇살을 소망하던 눈 바라기
눈에 갇힌 기나긴 겨울 동안
여인들의 일거리가 되는 길쌈
눈 속에서 씨줄 날줄을 엮어
삶을 풍부하게 해 주고 있다

흰 눈이 푹푹 쌓이는 밤

푸른 지구를 벗어나

밤의 밑바닥이 하얘져

가깝고 먼 것을 구별해 낼 수 있어도

언저리 발걸음은 분간할 수 없어

시든 국화 울타리 서릿발 같은

찬 공기는 별을 말갛게 닦고 있다

봄소식 _____

_____

_____

까마득히 잊혀졌던

난초분에 꽃대가 네 촉

잠든 바람이 생각난 듯

기지개를 켠다

봄은 주황빛 복음이다

이름 불러 주지 않아도

나에게 와서 고개를 내밀며

어여쁜 인사를 한다

쭉 뽑아 올린 꽃대

질긴 생명의 강직함은

힘이 솟구치는 위엄에 차 있다

숲은 왜 따뜻한가

향기 퍼져 가는 것도

아무도 막을 수 없이

가슴을 뛰게 하는 오랜 피붙이 같다

남새밭 _____

_____

_____

흙바람을 끼고 찾아온 봄이

겨울 볕 벗겨 낸 텃밭에 앉았다

위로만 뻗으려는 고추 모종

목비에 젖어 떨지 않게 묶어 놓았다

호미 끝에 깨어진 흙 부스러기로

상추씨도 일찍 살짝 덮었다

계곡 물소리에 푸른 기 돌아

깊숙이 뿌리 내리면

솜털 벗은 잎사귀 들끓는 소리

마음 서둘지 말자 다독인다

한나절 구름 푸른 숲에 걸리고

우듬지 햇살 올려다보니

플라타너스 순들은 아직 돋아나지 않았다

지난 계절 비옥하게 가꾸던 가지처럼

숲은 왜 따뜻한가

오래 견딘 따스한 기운으로

새싹들이 숨을 쉬고 근원을 찾았다

따뜻한 바람 밭고랑에 엎드린다

기억은 _____
봄날처럼 _____

_____

언제부터 장미 가시가 돋아나
텅 빈 골방에 울음의 기억을 가진
얼굴이 마주하고 있었다
바람이 살고 시퍼런 달빛이 살았던
봄으로 다시 시작할 준비를 한다
솔바람 안고 꽃을 피우면 나무의
내부를 내보이는 것

숲은 왜 따뜻한가

오래전에 피어오르다 만 꽃들에게

촉각이 곤두선 기다림의 시간이다

덩굴장미 걷어 낸 통증의 흔적

또렷이 남아 옹이 자국 빠져나간 아픔

산등선 흰 눈 보이지 않아 손바닥을

소나무 등에 대고 나무가 내는 순환의 소리

몸의 세포도 함께 깨어나는 소리에

단단한 기억은 그렇게 가고

어두웠던 집 봄날처럼 환하다

꽃길 —————

————————

————————

변화무쌍하듯

삶의 날씨도 바뀌고

꽃술에 틈이 생기는 순간

아픔은 한 뼘 더 자랐다

동조도 저항도 아닌데

바람이 오는 방향으로

꽃가루가 널리 퍼져

어린 싹들 시절도 튼튼히 자라서

기쁨의 눈부심으로 마주했을 때

뿌리를 깊숙이 내려놓는 기적에

숲이 물결처럼 출렁거려

신록 짙은 향기에 취한 그대는

어떤 길들은 계속 따라가고

다른 길들은 포기해야 하지만

연초록 들판 남녘 바람 불어오니

꽃길을 걸어가고 있다

무인도 _____

_____

_____

안개에 휩싸인 바다 암청색을 띠고

침묵에 잠겨 있는 섬

파도는 또 다른 파도 소리로 들려온다

찬란한 여명을 바라보고 있다

목마른 땅에서 부푼 욕망

흐르는 강물 은빛으로 반짝이면

흘러가 버린 긴 시간 광풍의 춤으로

물거품 되어 어긋난 삶과 서러운

옷 벗고 출렁출렁 가벼워진다

지난至難 세상 이끌고 찾아온 자연인

푸른 솔숲 가슴에 품고

이 섬에서 자유로워져야 한다

젖은 형형색색의 눈빛은

구름을 건너는 한 덩이 외로움

숲은 왜 따뜻한가

모지락스러운 파도는

육지로 달려가서 쭈그리고 앉는다

비바람에 돋아난 수평선 눈금 끝에

태양의 잉태에 놀란 왜가리

시뻘건 날개를 펼쳐 날아오른다

보리밭 _____

_____

_____

키가 다 자란 보리밭

휘어졌다 일어섰다

골바람에 떼 지어 비틀거립니다

고개 숙일 때는 꺾이는 줄 알았지만

일어서니

세월이 흔들리는 듯합니다

등뼈가 하얗게 휘어질 때는

부러지는 줄 알았지만

일어설 때

보리밭에 곰배질 하는 농부의

손길이 보입니다

바람을 껴안고 태어나

흙 내음의 의미를 알았습니다

들녘에 폭풍우 다 지나고

노릿한 보릿대 타는 연기

가마솥에 흐르는 눈물 향기에

익어 가는 줄 알았습니다

꽃다지 _____

밥상 _____

_____

치커리 상추 깻잎

유리 쟁반에 가지런히 놓였다

초여름 물새 깃을 털면

청정바다 속 투망에 걸린

푸른 생선 등뼈 뒤집어

노릇노릇 살점 조였다

벚꽃처럼 떨어진 입맛

앞마당 돋을양지 풋김치 익어 간다

세월의 숟가락을 씹는 고마운 밥상

먼 산 뻐꾸기 허기져 울면

행주치마 입은 어머니 뒷모습

한숨 소리 깊다

텃밭에 푸른 기 돌아

빛바랜 토담 휘감는

노란 호박꽃 씨알

그리움에 익어 간다

낙엽 산행 _____

_____

_____

내연산은 바위 하나 볼 수 없는

육산으로 정상은 삼지봉이다

주능선은 완만하고 참나무 숲이며

청하골은 십이폭포골 또는

보경사계곡이라고도 한다

기암절벽으로 이루어진 계곡미가

빼어난데 능선에는 낙엽이

계곡에는 단풍이 아름답다

제일폭포 쌍생폭 돌계단 오르면

단풍 낙엽 서걱거리는 소리

계곡물 요란한 울림에 발걸음이 가볍다

가을 빗물에 씻은 붉은 단풍 향기

가슴속에 들어와 빈자리를 채운다

마지막 잎 남겨 둔 계절의 순환

겨울로 비껴드는 햇살 아래

무수한 발자취 남긴 생명의 바위들

흐르는 계곡 맑은 물이 벗이었던가

건들바람 불어 떨어지는 단풍 낙엽

새들과 함께 흩어져 외길을 가고 있다

자연과 함께 머물고 떠나는 시심(詩心) - 이연자의 시 세계

정훈(문학평론가)

    이연자 시인의 시편들은 하나하나가 '자연'이라는 성소(聖所)에서 함께 느끼고 기다리고 그리워하는 마음의 결이다. 풋풋한 냄새가 코끝을 가득 채우는가 하면 맑고 담백한 사념으로 자연이 주는 은총과 신비를 묵상하게 한다. 세사(世事)의 번민과 고뇌도 자연의 얼굴 앞에서는 한갓 티끌로 작아진다. 그만큼 시인이 자연의 품속에 놓이길 원하고, 언제까지나 자연이 주는 선물을 거절하지 않고 소박하게 삶을 맞이하겠다는 의지의 산물이 이번 시집『숲은 왜 따뜻한가』로 결실한 것이리라.

    자연을 경외하고 우러르는 마음은 오래전부터 인간에게 지녀 왔던 집단무의식의 일종이기도 하다. 문명이 자연에 가져다준 역기능과 폐해가 적지 않지만, 인류의 고향이자 결국 되돌아가야 할 생명의 원천으로서 자연은 인간에게 무궁한 상상력과 영감을 제공한다. 그 속에서 시인은 꿈을 꾸고 삶의 풍요로운 에너지를 얻기도 하는 것이다.

 그 가운데 중요한 자리를 차지하는 것이 욕심을 버려야 한다는 깨달음이다. 소박하고 경건한 삶을 영위하기 위해 취해야 할 양분이 무엇인지에 대한 사고의 함양이다. 시인은 자연이 그려 내는 풍경과 형상에서 미처 발견하지 못했던 삶의 미덕을 본다. 자연에서 인간이 갖춰야 할 자연스러운 덕목들은 시에 숨겨져 있되, 은연중에 이미지로써 드러난다. 가령 다음의 시에서 이를 유추할 수 있다.

　　　붉은 구름 지나간 나날

　　　뜻도 없는 시간에 묻히고

　　　한몫 끼어들지 못한 까치들

　　　짹짹거릴 때는 온갖 소리가 난다

　　　잎은 더욱 깊게 뿌리로 돌아가고

　　　겨울 동백꽃 필 때도 질 때도

　　　찬바람에 가지는 그대로 뻗었다

　　　저녁 새 무리 울먹이더니

날개짓하며 날아올라

둥지의 굴레를 벗어나 어디로 갈까

나뭇가지 끝에 부는 바람에

잔뜩 떨어진 잎사귀

밤낮으로 흐르는 계곡물에 젖어

찌든 먼지까지도 씻겨 간 느낌이다

움직이는 것들도 이제부터는

멈추는 것이 아니라 그림자를 털며

산봉우리에 올라선 달빛 늘 환하다

－「저무는 숲속」 전문

　숲속의 고즈넉한 풍경을 그린 시다. 해가 져서 저무는 숲속
은 상상만으로도 무수한 생명체들이 각양각색의 모습과 움직
임으로 더욱 풍요롭게 할 것처럼 느껴진다. 시인은 숲속의 새
들과 나무들과 바람과 계곡의 이미지를 통해 왠지 쓸쓸하지
만 분주한 듯 펼치는 숲의 풍경을 채색한다. 위 시 전체가 보
여 주는 이미지는 고요한 숲속의 모습을 아담하게 진술하는

과정에서 선명해진다.

그 이미지들 가운데 "잎은 더욱 깊게 뿌리로 돌아가고 / 겨울 동백꽃 필 때도 질 때도 / 찬바람에 가지는 그대로 뻗었다"는 진술에 주목한다. 산이 세계의 축소판이자 원형에 가까운 까닭은 그 속에 수많은 생명체들이 각기 자신만의 생리와 모습을 유지하되 자기와 이어진 대상과 환경에 적응하면서 존재하기 때문일 것이다.

이를 좀 더 축소해서 나무 한 그루에 적용해도 마찬가지다. 잎이 뿌리로 돌아가고 꽃이 피나 지나 가지가 뻗는 일은 모든 존재가 자신만의 기능을 보존하면서 원시 회귀하는 철리를 그대로 보여 준다 하겠다. 여기에서는 자신의 업(業)과 소임을 넘어서서 행하려는 과욕마저 애당초 생길 리 만무하며, 제 몸에 덕지덕지 붙은 수많은 먼지마저도 훌훌 털어 버리며 씻겨 내리는 일만이 아무렇지도 않게 행해지는 것이다. 소유도 욕심도 과분(過分)도 없이 깨끗하며 맑고 고요한 성정만이 저무는 숲속에 가득하다.

한 그루 꽃나무를 심어
나무의 수가 늘어나면

땅은 넉넉한 품을 열고

하늘은 평온한 정원에

비를 뿌리고 나무를 키워

움트기 시작하는 것은

영혼의 꽃망울 같은 벗

꽃잎 피어 안겨 오면

얼마나 아름다운 인연인가

마음은 닦고 비움이니

강물처럼 순화된 사랑으로

세상 속에 살지만

그 위에 있고

뿌리를 내리고 살지만

물 위에 떠 있는 연꽃처럼

가시 하나를 받아들인다

같은 태양 아래 있어 우린 하나

- 「하나」 전문

숲은 왜 따뜻한가

숲의 세계가 다양하고 제각각의 생태를 지니면서도 화평(和平)의 행복을 누릴 수 있는 조건은 위 시 「하나」에서도 읊었듯이 "같은 태양 아래 있어 우린 하나"로 묶여 있기 때문이다. "땅은 넉넉한 품을 열고 / 하늘은 평온한 정원에 / 비를 뿌리고 나무를 키"우기 때문이다. 결국 "아름다운 인연" 하나로 서로가 서로를 비추고 받아들이는 평화의 누리에 자연 존재들이 오순도순 살아가기 때문일 것이다.

시인이 자연을 응시하며 도출해 내는 세상은, 모든 존재들이 서로 대결하거나 갈등하지 않고 얼싸안아서 서로를 더욱 성숙하게 하는 대동세상이다. 자칫 자연 만능주의에 빠질 우려가 깊은데도 여전히 자연의 은총을 우리가 버릴 수 없는 까닭은, 아직도 '자연'에 대한 관념이 이데올로기의 포획망에 걸려들어서 제대로 인식하지 못하기 때문이다.

즉 자연을 단지 공간에 국한된 개념보다는 인간의 본성을 포함한 좀 더 넓은 개념으로 그 뜻을 확장할 필요가 있어 보인다. 이럴 때 시인의 '자연 찬미'는 비단 자연의 공간뿐만 아니라 생명 전반에 대한 깊은 인식을 이끌어 낼 수 있는 것이다. '하나'라는 말이 함축하는 바가 이와 관련하여 예사롭지가 않다.

하나로 귀일하는 생명의 본성이다. 하나는 숫자 개념이기도 하지만, 공통되고 보편적인 원리로 생각할 때 더욱 신비한 의미를 끄집어낼 수 있다. 하나이기 때문에 나눠지지 않고 한 덩이로 놓일 수가 있으며, 서로 다투지 않고 같은 시공간에 온전히 머물 수가 있다. 시인이 하나의 상징을 쓴 이유도 자연뿐만 아니라 이 세계의 모든 존재들이 마땅히 귀결할 수밖에 없는 상태를 제시하고 싶었기 때문인지도 모른다.

마을 초입 고샅길에 은은한 철쭉
흐드러지게 피워 봄 향기 가득하고
돌탑 뒤 빽빽이 늘어선 솔숲 길 걷다가
허전한 맘 채워 줄 새들에게 물었다
나뭇가지에 앉아 조잘조잘
멀리 떠돌다 이곳에 오니 지친 마음
안식 얻어 흐뭇하고 평안하다
깊은 골짜기 흐르는 물
자그마한 연못에 고여 짝을 찾는
어여쁜 고기들 수련꽃잎 휘저으면
내 안의 맑은 물도 불어난다

숲은 왜 따뜻한가

높은 하늘 열구름 줄지어 가고

넉넉히 꿈꾸는 한길 있어

샘물 같이 솟아나는 감사에 젖었다

나뭇잎 사이 반짝이는 햇살 따라

솔향기에 이끌리어 걸어가면

어떤 그리움인가, 눈시울 뜨거워

흐릿한 길은 멀어지고 하늘로

뻗어 가는 숲 언제나 따뜻하다

– 「숲은 왜 따뜻한가」 전문

　모든 생명체들이 온전히 제 목숨 거둬들이면서 되돌아가는 '하나'가 이 세계에 펼쳐질 때는 제각각 다양한 모습과 움직임으로 요란해진다. 그러면서도 하나로부터 파생된 생명이기에, 우리는 습성과 본성이 서로 달라도 왠지 이끌리게 되고 닮아 있는 점을 발견하게 된다. 시인이 "숲 언제나 따뜻하다"고 정겹게 말하는 이유도 거기에 있을 것이다. "나뭇가지에 앉아 조잘조잘 / 멀리 떠돌다 이곳에 오니 지친 마음 / 안식 얻어 흐뭇하고 평안"한 마음이 생긴다.

이를 좀 더 드러내는 구절이 "높은 하늘 열구름 줄지어 가고 / 넉넉히 꿈꾸는 한길 있어 / 샘물 같이 솟아나는 감사에 젖었다"는 표현이다. 고마움을 느끼게 해 주는 대상은 비단 자연의 소재들뿐만이 아니라, 그런 대상들로부터 촉발된 넉넉한 꿈과 이상과 그리움도 크게 작용했을 것이다.

원만한 마음이 화창하게 피어올라 대자연의 품 안에서 펼칠 때 삶의 욕구 또한 확충된다. 숲으로 가는 길에 점점 고조된 마음의 설렘이 숲에 도착했을 때 이루 말할 수 없는 아늑함과 온정으로 탈바꿈한다. 숲을 중심으로 난 길과 냇물과 하늘은 모두 마치 '나'를 위해 존재하듯 둥그렇게 시의 화자를 둘러싼다. 그러고는 화자에게 따뜻한 말을 건네듯 손을 내미는 것처럼 형상화되어 있는 시다.

시집 『숲은 왜 따뜻한가』는 시인의 자연에 대한 애정과 찬미가 주된 이미지로 형상화되어 있지만, 대상에 대한 감상에서 솟구친 정서의 승화도 곳곳에 배어 있다. 시인의 기본적인 애상과 그리움이다. 그리고 멜랑콜리한 마음을 시로써 형상화하면서 일종의 자기정화 작용도 행한다. 시인을 움직이게 했던 것들은 사실 도처에 널려 있지만 유독 자연 소재들이 주된 시적 대상으로 드러난 까닭은, 아마도 현대인의 정서를 순화하고 정화하기에 적합하고 이로운 대상이 바로 자연일 수가 있기 때문일 것이다.

그러나 한편으로 자연은 복잡하고 헝클어진 심사를 말갛게 정리해 주는 기능 또한 떠맡는다. 때로는 시인의 시심을 자극하고, 시인의 믿음에 자리 잡은 어떤 응어리를 자연을 매개로 확인하게 해 주는 측면도 생각해 볼 수 있다. '시적'이라는 상태를 언어로 재현하면서 발견하는 과정 역시 시 쓰기의 일부다. 그러니까 단순하게 언어로 재현된 시만이 아니라, 시를 통해서 시인이 평소 생각하는 '시론'의 한 모서리를 더듬을 수 있는 것이다.

안개에 휩싸인 바다 암청색을 띠고
침묵에 잠겨 있는 섬
파도는 또 다른 파도 소리로 들려온다
찬란한 여명을 바라보고 있다
목마른 땅에서 부푼 욕망
흐르는 강물 은빛으로 반짝이면
흘러가 버린 긴 시간 광풍의 춤으로

물거품 되어 어긋난 삶과 서러운

옷 벗고 출렁출렁 가벼워진다

지난至難 세상 이끌고 찾아온 자연인

푸른 솔숲 가슴에 품고

이 섬에서 자유로워져야 한다

젖은 형형색색의 눈빛은

구름을 건너는 한 덩이 외로움

모지락스러운 파도는

육지로 달려가서 쭈그리고 앉는다

비바람에 돋아난 수평선 눈금 끝에

태양의 잉태에 놀란 왜가리

시뻘건 날개를 펼쳐 날아오른다

–「무인도」전문

　시인은 「무인도」에서 바다 한편에 떠 있는 외로운 섬 하나
를 묘사한다. 사람이 살지 않아서 무인도인데, 이 섬과 바다
와 육지가 주고받는 커뮤니케이션은 '무인도'라는 이름이 불

　　　　　　　　　　　숲은 왜 따뜻한가

러일으키는 뉘앙스에서도 알 수 있듯이 시간과 현재적 공간을 초월한 듯 환상처럼 다가온다. "안개에 휩싸인 바다 암청색을 띠고 / 침묵에 잠겨 있는 섬"에는 무수한 이야기를 간직하고 있는 듯 풍요로우면서도 또한 쓸쓸하다. 시인은 무인도를 중심으로 바다와 파도가 건드리는 사연을 역동적으로 그려 낸다.

그런데 아무래도 위 시의 핵심 내용은 "지난 세상 이끌고 찾아온 자연인 / 푸른 솔숲 가슴에 품고 / 이 섬에서 자유로워져야 한다"가 아닐까 싶다. 섬은 지나간 시간 속에 울렁거렸던 상처와 고독을 말갛게 씻겨 내리는 장소인 것이다. 수많은 고민과 절망은 이 섬에서만큼은 썰물처럼 밀려나고야 만다. 시인이 형상화한 무인도는 이를테면 휴식과 복락이 보장된 시적 유토피아로 보아도 될 것이다.

모든 시가 그렇듯이, 작품은 반드시 그리되어야 할 세계의 상태를 보여 주거나 마땅히 온전한 세계의 한 자락을 귀띔한다. 위 시에서 무인도가 그런 상태의 지복한 공간이 아니더라도 시인은 무인도를 시 한복판에 놓음으로써, 물상과 관념의 대상으로서 섬을 스케치하는 것이다. 단지 풍경일 수도 있다. 시인은 섬을 중심으로 섬을 둘러싼 여러 소재들을 정서적

전이물로 대치하여 무인도가 지니는 여러 의미와 상징의 양
상을 독자에게 환기하고 있다.

관성慣性을 벗어 보라고
낯익은 본성本性을 보라고
자연은
수없이 신호를 보내지만
영감을 얻지 못하고 있다

떠다니는 하늘 구름
바람에 흔들리면
일렁이는 푸른 숲속
방금 피어난 꽃술이 낯설다

밤사이 그득한 전갈
신선한 언어들이 갈래를 내어
하얀 새벽 후회 없는
앞소리에 느릿느릿 따라간다

열어 보인 마음은

어느 쪽으로도 자국이 생겨

가다가 돌아온 바람이

백지가 되라고 타이른다

–「백지白紙」 전문

풍경과 정서적 대상으로서 자연은 어찌 됐건 시인의 의식
과 상상의 세계를 가득 메우는 원동력이다. 시인에게 자연은
세계 그 자체이며, 시인을 시인이게끔 만드는 생명의 요람이
다. 물론 이런 양상이 특별하다 말할 수는 없을 것이다. 중요
한 점은 자연이 시인에게 선사하는 정신적인 선물이다. 주로
겸손과 겸허의 덕을 끄집어낼 수 있다.

사람이 사회를 이루고 살면서 개인이 타인과 관계를 맺는
중에 점점 없어지는 본성 가운데 대표적인 것이 겸양의 덕이
라 할 때, 위 시 「백지白紙」는 많은 이야기를 들려주는 것처럼
보인다. 스스로 낮출 줄 알고 내세우지 않는 마음이 부족한 현
대인에게 한 번쯤 되새겨 보아야 할 덕목을 배우게 된다. 그것

은 "관성을 버리고 / 낯익은 본성을 보"는 것이라 할 수 있다.

시인 또한 인간관계에서 장녀스럽게 몸에 익은 습성을 말끔하게 버리지 못하고 있다. 어찌 보면 이는 불가능에 가깝다. 그래서 늘 자신의 본성을 관찰하고 응시하면서 자신을 닦아 나가는 일이 힘든지도 모른다. 명경지수란 말도 있듯이, 자연이 인간에게 끊임없이 모범이 되어 보여주는 것이 바로 자성(自性)의 발견이다.

그런데 "열어 보인 마음은 / 어느 쪽으로도 자국이 생겨 / 가다가 돌아온 바람이 / 백지가 되라고 타이른" 것처럼, 거짓 없이 활짝 열어 보인 마음에조차 갈래갈래 사심의 자국이 생기게 됨은 어쩔 수 없다. 고뇌하고 번민하는 인간이기에 그렇다. 백지는 아무런 얼룩이나 흔적도 없는 깨끗한 마음의 상태를 비유한다. 이 순백의 종이처럼 티 없고 맑은 심중(心中)의 한복판에서 잉태되는 시의 언어를 시인은 갈구하는 것이다.

하늘가 상현달도
그리움에 지쳐 기울고
사랑으로 뿌리내린 우리는
아카시아 꽃향기

숲은 왜 따뜻한가

꽃이 필 때 꽃이 지는 것을

두려워하지 않는 모습으로

멀리 아쉬운 서로가 되었다

모든 순간이 향기임을 알면서

닫혀진 창을 열고 달려와

함박웃음 잔뜩 풀어놓고

밝아 오는 아침이며 마른 잎

손사래 치듯 섭섭한 마중 길에

떠난 뒤에 오는 허전한 마음

처음 만났을 때 설렘 남아 있어

구월의 석양에 비춰진

기약 없는 눈물 자국 감추고

강아지풀 키를 세우면

넓은 가슴 열어 두고 싶다

– 「창을 열고 하늘을 보며」 전문

　깨끗한 심정으로 살아가는 일이 여간 힘들지 않은 세상에
서 미련과 그리움을 비우고 산다는 건 또 얼마나 힘든 일인지

조금만 생각해 보면 알 수 있다. 이연자 시인은 사람이든 식물이나 자연 현상이든 서로 가까워지고 멀어지는, 그 관계학에 민감한 듯하다.

사실 주체가 흔들리지 않고 고요히 머물러 있고 싶어도 만상(萬象)의 흐름 속에서 어쩔 수 없이 대상과 관계하게 되는 것이 존재의 필연이요 운명이다. 그렇기에 떠나면 미련이 생기고 그리움이 흥건해진다. 그리고 만나면 이별에 대한 두려움과 걱정이 스며든다.

「창을 열고 하늘을 보며」에는 만나고 떠나는 존재들의 인연과 감정이 착잡한 언어로 진술되어 있다. "떠난 뒤에 오는 허전한 마음 / 처음 만났을 설렘 남아 있어 / 구월의 석양에 비춰진 / 기약 없는 눈물 자국 감추"는 화자의 기분을 쉽게 헤아릴 법도 하다.

서로 마음을 열어젖혀서 만나고, 떠난 뒤에도 서운함 없기를 바라지만 현실은 그렇지가 않은 법이다. 별리의 정이 만남에 연유한다면 존재 사이의 소통은 영원한 모순을 지반으로 해서 이루어지는 관계 모형일 수밖에 없는 듯하다. 숨 쉬며 살아가는 것들에 천형처럼 박혀 있는 인연법을 어찌할 것인가. 시인이 묻고 싶은 게 바로 그것이 아닐까.

숲은 왜 따뜻한가

시가 자연의 어법을 닮으려는 포즈는 실은 운명이다. 한 사람의 가장 깊은 바닥 그 심연에서 터져 나오는 말들의 원천에는 영원하면서도 결코 지울 수 없는 본성이 자리 잡고 있다. 시는 우연적이고 우발적인 감정이나 사연을 노래하지 않고 필연적이고 본래적인 존재의 상태를 노래한다. 참된 의미의 서정시는 거기에서 샘솟는다. 세계에 내던져진 피투성이 존재인 인간에게는 생래적으로 실존적인 불안감과 절망을 품고 있다. 거대한 자연의 숭고함에 경탄하면서도 때로는 교만에 빠지기도 하고 오성(悟性)의 간계에 몸과 마음을 맡기기도 한다.

인간의 계몽적 이성이 물론 감성과 정서의 영역을 무시하지는 않지만, 오랫동안 감정은 여성적이면서 동물의 속성과 비교되곤 했다. 원시적 상태의 인간이 이성의 발달로 고도의 문명을 갖추고 조작할 수 있다는 믿음이 널리 퍼진 근대 이래로 서정시는 한갓 문화예술의 유품으로 오해되곤 한다. 자연주의가 역사의 뒤안길로 사라진 지 오래듯 서정시 또한 포스트모던의 물결 아래 흔히 '복고'와 결부되어 시적 상고(尙古) 취미의 하나로 치부하곤 하는 요즘이다. 물론 좋은 의미의 서정시가 그런 혐의를 받는다.

하지만 그런데도 수많은 시인이 시적 서정에 시심을 기대는 까닭은 딴 데 있지 않다. 대상을 독특한 관점에서 재배치하거나 언어의 비동일적 특성을 한껏 이용하여 세계의 새로운 양상을 발견하려는 근래의 '의식적인' 시작(詩作)이 아니라면, 원래 시란 생활에서 느낀 감정과 마음의 상태를 세계와 대상에 비추어 표현하고자 하는 문학 언어이기 때문이다. 여기에는 '나'와 '세계' 사이에 벌어지는 모종의 숨바꼭질이 있다.

'나'를 둘러싼 세계 환경은 '나'의 기능과 정신의 표면을 뚫고 들어오려는 장애물이면서, 때때로 감정의 밀도를 증폭시키는 변압기의 기능도 한다. 시간과 공간이 함께하면서 시인의 열망과 이상적인 상태에 대한 희구의 풍경을 한결 밀도 있게 어루만져 주는 대상으로서 이 세계가 시 쓰기에 작용하는 중요성은 두말할 필요도 없을 것이다. 이연자 시인의 시편들도 마찬가지로 해석할 수 있을 것이다. 그에게 세계 환경은 시적 감흥과 세계 지향성을 입체적으로 확장시켜 주며 환기시키는 배경이다.

열두 시를 덮고 누운 책들이
눈을 가늘게 뜬 침묵으로
옛 책들 사이에서

금니처럼 반짝인다

새롭지 않은 시어는 웅크리며

밤하늘 어둠을 맞이하고 있다

바람 소리에 마른가지 솔숲들이

막혀 버린 언어를 깨워 흔들면서

땅에서 허공으로 날아올라

새로운 한 시의 깊이를 본다

문밖에 세워 둔 새벽에게

대답을 찾던 시어는

나팔 모양의 주전자를

천천히 빠져나온 모과 향같이

갇힌 생각을 가볍게 열었다

－「새벽」 전문

새로운 언어를 찾아 나서는 시인에게 '새벽'이라는 시간은
무한한 상상으로 이끄는 매개다. 책들이 가득한 방에서 시어

를 고르며 생각하는 시인은 이 세계가 드넓은 사유의 장소이자, 시인으로 하여금 행복과 동시에 아득한 절망으로 떨어트리게 하는 곳임을 직감했을 것이다. "바람 소리에 마른가지 솔숲들이 / 막혀 버린 언어를 깨워 흔들면서 / 땅에서 허공으로 날아올라 / 새로운 한 시의 깊이를" 보는 일은 시인에게 이루 말할 수 없는 황홀감을 선사했을 것이다.

시 쓰기의 어려움은 새로운 시상과 함께 적재적소에 놓여야 하는 언어의 운용 능력이라고 할 때, 모든 시인들이 찾아 헤매는 말들의 성소에 닿기란 얼마나 어려운 일일까. 세계는 말들이 떠다니는 장소요 사유의 바다. 새벽은 한낮의 시끄러운 세상을 예비하는 시간대임과 동시에 모든 존재들이 고요히 고개를 들면서 자신의 존재성을 뚜렷하게 내보이기 시작하는 때이기도 하다. 하지만 무엇보다도 새벽은 생명이 막눈을 뜨고 세상으로 자신을 드러내 놓는 때다. 새로운 시작인 셈이다.

"문밖에 세워 둔 새벽에게 / 대답을 찾던 시어는 / 나팔 모양의 주전자를 / 천천히 빠져나온 모과 향같이 / 갇힌 생각을 가볍게 열었다"고 시인은 희망적으로 노래한다. 말이 생각을 열게 하는 훌륭한 수단이라는 사실을 일깨우는 구절이다. 그만큼 언어는 시인의 사고와 창조적 상상력을 열게 한다.

자연에 살면서 자연을 본받고 거기에서 삶의 교훈을 얻으려는 시인에게 시는 자연적 삶의 아름다움을 증거하는 표상이 될 수도 있다. 이 증표 하나를 남기기 위해서 시인은 시를 갈구하고 시를 쓰는지도 모르겠다. 이연자 시인의 시를 읽으며 느낀 생각이다.